Petit Ours Brun

range son coffre à jouets

Illustrations de Danièle Bour

W0305006

bayard jeunesse

Aujourd'hui,
Petit Ours Brun
a décidé de ranger
son coffre à jouets.

Il sort du coffre
son camion, ses voitures,
son jeu de quilles,
son ballon, son râteau.

Il sort aussi
son train, ses cubes,
son tambour, sa toupie.

Petit Ours Brun
retrouve son téléphone.
Il dit : – Dring, dring !
Allô, qui c'est ?

Puis Petit Ours Brun
découvre un livre. Il dit :
– Ça, c'est mon histoire
pour ce soir.

Papa Ours entre
dans la chambre et il dit :
– Qu’est-ce que c’est
ce désordre ?

Petit Ours Brun répond :
– C'est pas du désordre.
Tu vois bien, je range !

Petit Ours Brun est un héros des magazines
Popi et *Pomme d'Api*.
Les illustrations ont été réalisées par Danièle Bour.
Les textes de cet album ont été écrits
par l'équipe de rédaction de *Pomme d'Api*.

ISBN 13 : 978-2-7470-1652-0
Dépôt légal : janvier 2005 - 6e édition
Loi 49-956 du 16 juillet 1949 sur les publications destinées à la jeunesse

Imprimé en Italie